오직 토끼하고만 나눈
나의 열네 살 이야기

안나 회글룬드 글·그림 | 이유진 옮김

우리학교

S, 그리고 다른 모든 토끼들에게

Om detta talar man endast med kaniner

by Anna Höglund

* The cost of this translation and production was defrayed by a subsidy
from the Swedish Arts Council, gratefully acknowledged.

가끔, 다른 사람들과 같이 있을 때,
나는 나 아닌 다른 누군가로
변장한 것만 같아.

14년 전 어느 봄날
나는 세상에 나왔어.
나오기 무섭게 후회했어.

어렸을 때부터 나는 귀가 엄청나게 밝았어.

솜으로 귀를 틀어막아도
아무 소용이 없었어.
어떤 소리든 무척 잘 들렸거든.
귀뿐만 아니라
온몸으로.

가끔 사람들은 내가 호들갑을 떤다고 생각해.

어려서 파티 같은 데 가기 싫어했을 때도 그랬어.

내가 바보짓 하는 것처럼 보였나 봐.

다들 진지하게 받아들이지 않더라고.

사람이 참는 데는 한계가 있는데 말이야.

시간이 가면서 나는 "아니요"라는 말을 아주 잘하게 되었어.

“네”라고 말하는 법을 까먹을 만큼
“아니요”라는 말을 무지 잘하게 되었어.

잘 기억나지 않아.

어렸을 때

행복했는지

행복하지 않았는지.

함께하는 꿈을 꿀 때도 있어.

그러나 그 일에 대해 안다는 게 가능하긴 할까?

나와 가까운 사람들, 그러니까 엄마 아빠는
부엌에서 서로 붙어 있다시피 서 있어도
둘 사이의 거리는 까마득히 멀어.

친밀감은
아마도 자기 안에서
찾아내야 하겠지.

내가 거의 매일 느끼는 무언가를 가리키는 말이 있더라.
어떤 순간에 뚜렷이 알았냐고?
도랑을 내려다보며 서 있었거든.
문득 올려다보니 어디든 빠짐없이 그 말이 쓰여 있는 거야.
의미 없다. 모든 건 의미 없다.

끔찍했지만, 동시에 좋기도 했어.
드디어 딱 들어맞는 말을 찾았으니까.
나보다 먼저 세상을 살아간 토끼들이 나와 똑같은 걸 느끼고,
거기에 어울리는 표현도 벌써 붙여 준 거잖아.
일종의 공동체나 다를 게 없어.

사실 나는 다른 사람들이 좋아.
하지만 내 존재가 희미하게 사라질까 봐,

남들과 다를 게 없는 생각을 할까 봐,

그래서 혼자 있으려고 하는 거야.

가끔, 다른 사람들과 같이 있을 때,
나는 나 아닌 다른 누군가로 변장한 것만 같아.
그 사람도 물론 나를 닮았지만
진짜 나 자신은 사람들 언저리에 존재해.

사람들과 어울리려고 애쓸수록
나는 더 이상해져.
말들은, 나와 함께하지 않고
몰래 숨어 있거든.
오늘의 요리에 대해
평범하게 한마디 보탤 뿐인데
꼭 문제가 되고 만다니까.

오늘 화장장에서 진짜 돼지 굽는 냄새 안 나냐?

나는 거울 속에 보이는 모습이기도, 아니기도 해.
그림 속 엷은 빛깔처럼 희미하게 보일까?
나 자신을 그렇게 생각하지만 확실한 건 없지, 뭐.
내 문제가 뭐냐고?
생각을 제대로 할 수 없는 철학자라는 거야.
만일 내가 뭔가를 이해한다면
말로는 설명할 수 없는 방식으로 이해하는 거야.
그 방식은 말에서 벗어나 있으니까.

그렇게 예민하게 굴지 좀 마, 엄마는 말하지.
말이야 쉽지.
엄마는 내가 예민하길 원해서 이러는 거라고 믿는 걸까?
설마 이게 다 나의 선택이라고 생각하나?

개찰구에서 역원이 무례하게 굴거나
슈퍼마켓 점원이 막무가내로 핀잔해서
두 눈에서 눈물이 왈칵 쏟아질 때도
그냥 좋게, 좋게 넘어가야 한다고 엄마는 믿는 걸까?

ICA

어떤 날엔 세상이 너무나 무서워서
땅바닥에 고개를 처박고만 있어.
전등을 켜려고 마루를 걷다가도
갑자기 무슨 일이든 일어날 수 있잖아.
또 어떤 날엔 배 속에 쑤셔 박힌 커다란 포크가
창자를 스파게티처럼 돌리고 있어.
돌려라, 돌려~라.

어렸을 때 할아버지는 이렇게 말하곤 했어,
두려움은, 우리가 무섭게 여기는
적들이 많았던 옛날부터 전해진
오랜 습관일 뿐이라고.
이제 우리는 집 안에서 사니까
두려움이 더는 제구실을 못하지.

하지만 오랜 습관들을 벗어나기는 어려워.
그리고 새로운 적들이 나타날 수도 있잖아?
생각해 보면 세상 모든 건 좋고 나쁨이
동시에 존재하니까.
재미있는 일 뒤에는
그걸 조금 비튼다면 보이는
슬픔의 그림자가 어둠을 드리우지.
더 많이 비틀수록, 방금 보고 웃었던 건 더 불안해져.
모든 게 동시에 그와는 정반대라는 사실을
순수하게 과학적으로 증명해 낼 수 있을까?
정말 궁금해.

할아버지가 얘기해 줬는데, 사람에게 가장 큰 적은 자기 자신이래.
유튜브에서 본 어떤 아저씨는
세상 모든 게 소리 진동에서 나온다고 설명하더라.
그 아저씨는 물 분자들이 소리에 따라
어떻게 제각기 다른 모양을 만드는지 보여 줘.
사람이 뭘 어떻게 말하는지에 따라서도 서로 다른 멋있는 모양이 나오지.
음파가 거칠면 물은 아름다운 움직임을 만들지 못해.
그저 비대칭적인, 완전 구린 모양이 될 뿐이야.
세상에 멍청이들이 얼마나 많은지 생각하면 좀 끔찍한 일이지.
게다가 우리 몸의 70퍼센트가 물이잖아.

할아버지랑 밖에 나가려는데, 이상한 일이 하나 일어났어.
딱 3초 동안 계속됐는데……
아, 물론 내가 상상한 거라거나
그저 느낌에 지나지 않았다는 말로
그 일을 쉽게 둘러댈 순 있어.
하지만 나는 그 일에 의미가 있다는 걸 분명히 알아.
할아버지와 눈빛이 마주쳤을 때, 나 자신을 보았거든.
아니, 더 정확히 말하자면, 우리는 같았어.

사람은 나이를 흘려보내지 않아서
시간이 갈수록 더욱더 나아진대. 할아버지 말씀이야.
뭐 이런 농담이 다 있어?
사람은 평생을 싸울 거고
그러고 나서 이제 좀 기분이 괜찮아지기 시작하면
죽을 날이 가까워져 오는 거 아냐?
물론 다른 방식으로도 생각할 수 있겠지만
적어도 지금 나는 그럴 수 없어.

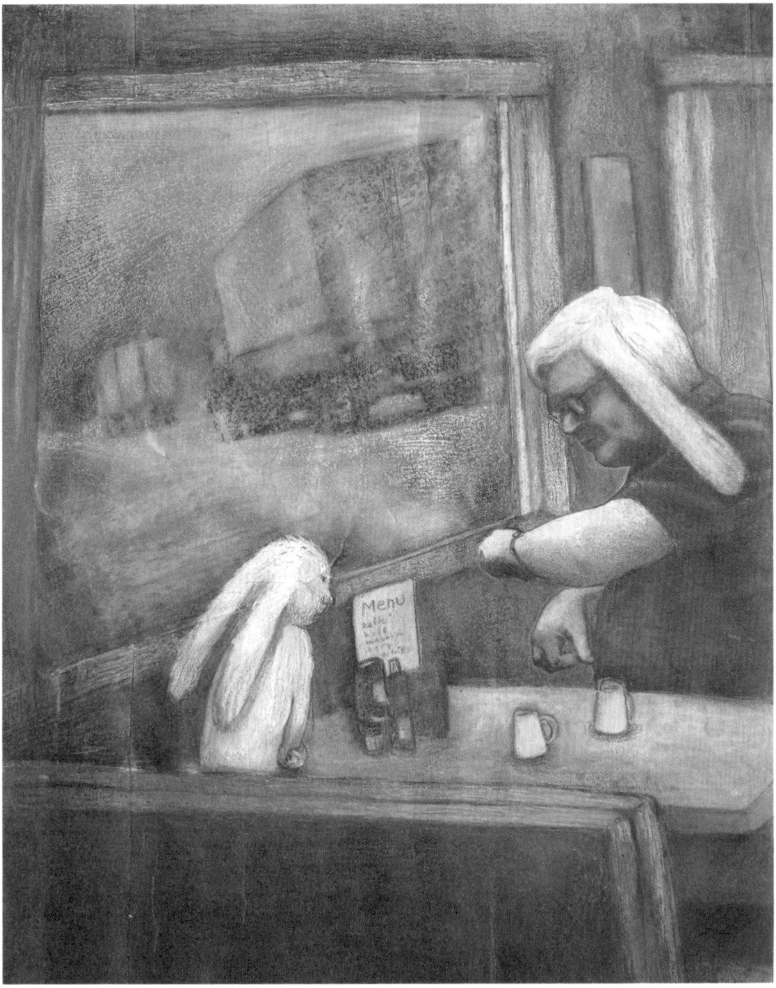

그런 거란다, 할아버지가 말해.

실재하는 건 바로 지금

우리가 여기에 있다는 것뿐.

이제 가 봐야겠구나. 커피가 생각나면 전화를 다오.

내가 나 자신한테 놀라서 도망쳐 버렸다면 어쩌지?
일어났던 일, 나누었던 대화, 그 모든 것을
혼자 있을 때 곱씹어야 하는 이유가 그 사실에 있다면.
무슨 일이 있었고 어떤 말이 오갔는지
혼자가 되고서야 비로소 안다는 사실에.
내가 내 안에만 머물 수 있을 때
두렵지 않다는 사실에.

그리고 저기 서 있어,
나 아닌 모든 것인 저들이.
폼 나고, 사교적이며 인기 많은……
나는 그들과 말을 섞을 힘이 없어.

사람에게 가장 큰 적은 자기 자신이란 말에 동의해.
하지만 세상 모든 게 동시에 그와는 정반대니까,
사람은 자기 자신의 가장 절친한 친구일지도 몰라.

오늘 나는 모두가 연결되어 있다고 느껴.
나는 존재하는 모두와 연결되어 있어.
그건 과학적으로 증명할 수 있는 감정이야.
세상은 그저 쉼 없이 모습을 바꿔 갈 뿐인
요소들로 이루어져 있으니까.

오직 토끼하고만 나눈 나의 열네 살 이야기

초판 1쇄 펴낸날 2018년 4월 25일
초판 10쇄 펴낸날 2021년 8월 31일

지은이 | 안나 회글룬드
옮긴이 | 이유진
펴낸이 | 홍지연
총괄본부장 | 김영숙
편집장 | 고영완
편집 | 소이언 정아름 김선현
디자인 | 남희정 박태연
마케팅 | 강점원 최은
관리 | 정상희
인쇄 | 스크린그래픽

펴낸곳 | ㈜우리학교
등록 | 제313-2009-26호(2009년 1월 5일)
주소 | 03992 서울시 마포구 동교로23길 32 2층
전화 | 02-6012-6094
팩스 | 02-6012-6092
홈페이지 | www.woorischool.co.kr
이메일 | woorischool@naver.com

ISBN 979-11-87050-57-5 43850

• 책값은 뒤표지에 적혀 있습니다.
• 잘못된 책은 구입한 곳에서 바꾸어 드립니다.
• 이 책은 스웨덴 예술위원회의 번역 및 제작 지원금을 받았습니다.